Société permanente de construction du district de Montréal

Règlements de la Société permanente de construction du district de Montréal

Précédés de son acte d'incorporation

Antigonos

Société permanente de construction du district de Montréal

Règlements de la Société permanente de construction du district de Montréal

Précédés de son acte d'incorporation

Réimpression inchangée de l'édition originale de 1871.

1ère édition 2024 | ISBN: 978-3-38814-502-0

Antigonos Verlag est une marque de Outlook Verlagsgesellschaft mbH.

Verlag (Éditeur): Outlook Verlag GmbH, Zeilweg 44, 60439 Frankfurt, Deutschland, info@outlook-verlag.de
Vertretungsberechtigt (Représentant autorisé): E. Roepke, Zeilweg 44, 60439 Frankfurt, Deutschland
Druck (Imprimerie): Libri Plureos GmbH, Friedensallee 273, 22763 Hamburg, Deutschland

SOCIÉTÉ PERMANENTE

DE

CONSTRUCTION

DU

DISTRICT DE MONTRÉAL.

BUREAU DE DIRECTION :

D. E. PAPINEAU, ECR. *Président.*
NAZ. VILLENEUVE, ECR., *Vice-Président*
ALEXIS DUBORD, ECR.
L. N. DUVERGER, ECR.
J. L. CASSIDY, ECR.
P. A. FAUTEUX, ECR., *Secrétaire-Trésorier.*

BUREAU: NO. 8 RUE ST. LAMBERT.

Ce Bureau est ouvert depuis 10 heures A. M. à 3 heures P. M., le samedi il est fermé à 1 heure P. M.

MONTREAL:

IMPRIMERIE DE PLINGUET & LAPLANTE

30, RUE ST. GABRIEL.

1871

RÉGLEMENTS

DE

LA SOCIÉTÉ PERMANENTE

DE

CONSTRUCTION

DU DISTRICT DE MONTREAL.

Précédés de son Acte d'Incorporation.

INDICATION DE LA CLASSIFICATION DES REGLEMENTS.

MONTREAL:

IMPRIMÉS PAR PLINGUET & LAPLANTE

30, RUE ST. GABRIEL.

1871.

INCORPORATION

DE LA

Société Permanente de Construction

DU

DISTRICT DE MONTRÉAL.

CAP. XXVIII.

Acte pour permettre à la " Société de Construction du district de Montréal" de changer son nom en celui de " Société permanente de construction du district de Montréal," et l'établir en société permanente de construction.

(Sanctionné le 5 Mai 1863.)

ATTENDU qu'une société de construction s'est formée en corporation en la cité de Montréal, en mars mil huit cent cinquante-sept, sous le nom de "Société de Construction du district de Montréal," en vertu de l'acte ou statut provincial douze Victoria, chapitre cinquante-sept et ses amendements, et qu'elle a toujours été en existence et opération depuis cette époque, et attendu que par leur requête, le président et les directeurs de la société ont exposé et représenté, que lors de la formation de la dite société la loi n'avait pas encore autorisé la formation de sociétés permanentes de construction, suivant qu'il a été permis depuis par le statut provincial vingt-deux Victoria, chapitre cinquante-huit, et par le chapitre soixante-neuf des statuts refondus pour le Bas-Canada, que vu le nombre des membres de la dite société, dont le grand nombre sont éloignés de la dite cité, le montant du capital souscrit, celui versé en à-compte, le nombre de prêts déjà faits et qui augmentent journellement, la variété et la quantité des engagements de la société, il conviendrait grandement pour l'avantage des intérêts engagés, que la dite société pût de suite être constituée en société permanente de construction; et attendu qu'il est expédient de faire droit à la dite requête ; à ces causes, Sa Majesté par et de l'avis et du consentement du conseil législatif et de l'assemblée législative du Canada, décrète ce qui suit :

1. La dite " société de construction du district de Montréal," et tous ses membres actuels, leurs successeurs et ayant cause à perpétuité, sont par le présent acte constitués en corporation et société permanente de construction, sous le nom de " société permanente de construction du district de Montréal," ayant son principal lieu d'affaires ou bureau en la dite cité de Montréal, et, sous ce nom, elle sera capable de poursuivre et d'être poursuivie, et de posséder tous les droits, pouvoirs et priviléges accordés aux sociétés permanentes de construction par le chapitre soixante-neuf des statuts refondus pour le Bas-Canada, et soumise à tous les devoirs et obligations imposés par ce statut aux dites sociétés permanentes.

2. Tous les biens mobiliers et immobiliers, parts ou actions, obligations, dettes actives et passives, droits actifs et passifs généralement quelconques de la dite " société de construction du district de Montréal" appartiendront à la dite " société permanente de construction du district de Montréal," et seront possédés et poursuivis par ou contre la dite société permanente de construction à compter du jour de la passation du présent acte ; néanmoins, toutes les causes pendantes et tous les procédés judiciaires commencés pourront être continués et terminés sous le nom qu'ils ont été commencés et intentés.

3. Le président et les directeurs et officiers actuels de la dite " société de construction du district de Montréal" continueront de rester en charge pour la dite société permanente de construction, tant qu'ils ne seront pas remplacés conformément aux réglements de la dite société ;

2. Pareillement, les réglements actuels de la dite société de construction continueront d'être en force pour la dite société permanente de construction, tant qu'ils n'auront pas été modifiés, changés et abrogés par la dite société permanente de construction ;

3. Et tout membre actuel comme tout membre futur de la dite société permanente de construction pourra, à son choix, en aucun temps et de la manière qui sera réglée par les directeurs, convertir ses parts ou actions en parts ou actions fixes et permanentes de la dite société, soit avant soit après qu'elles auront été entièrement payées.

4. La dite " société permanente de construction du district de Montréal" aura le droit de faire, changer, abroger et rétablir de temps à autre des réglements, à la majorité des deux tiers des votes des membres présents ou représentés par procuration à une assemblée générale des membres de la dite société permanente de construction, tenue à cette fin sur convocation faite par le président, ou par trois directeurs, par avis public inséré dans deux gazettes ou papiers-nouvelles publiés en la cité de Montréal, dont un publié en langue française, et l'autre publié en langue anglaise, le dit avis inséré dans chacun des dits deux papiers-nouvelles une fois par semaine pendant quatre semaines consécutives avant le jour de la dite assemblée ; et à telle assemblée comme à toute assemblée des membres de la dite Société permanente de construction, les membres voteront d'après l'échelle de votes et la manière déterminées et à être déterminées par les réglements de la dite société.

5. Pourvu toujours, que le présent acte n'aura force de loi ou d'effet que lorsque ses dispositions auront été approuvées par la majorité des deux tiers des voix des membres présents, soit en personne ou représentés par procureur à une assemblée générale des membres de la société, convoquée par le président ou le secrétaire de la société, par un avis publié en la manière déjà prescrite dans cette section pour les assemblées générales des membres de la dite société, et à cette assemblée, les membres voteront ainsi qu'il est prescrit par les réglements de la dite société.

6. Le présent acte sera réputé acte public.

PROJET DE REGLEMENTS

De la Société Permanente de Construction du District de Montréal,

Adoptés à l'Assemblée Générale du 8 Mai 1871.

Incorporation de la Société, sa composition, son but, emploi de ses valeurs.

ARTICLE I.

Cette Société est incorporée par l'acte spécial du Parlement de la Province du Canada, 26 Victoria, chapitre 28, sous le nom de "Société Permanente de Construction du District de Montréal," et jouit de tous les droits, pouvoirs et priviléges accordés aux Sociétés permanentes de Construction par le Chapitre soixante-neuf des Statuts refondus du Bas-Canada, et les amendements faits depuis au dit chapitre de ces Statuts.

ARTICLE II.

Cette Société est formée :

1. D'un nombre indéterminé d'actionnaires ou propriétaires de parts ou actions fixes ou permanentes de la Société ;

2. D'un nombre également indéterminé de membres ou propriétaires d'actions dans une ou plusieurs Classes successivement marquées, indiquées et connues par le nom de l'une des lettres de l'alphabet A. B. C. D., etc., etc., etc.

3. Une Classe quelconque est composée des personnes qui sont ou deviendront propriétaires de parts ou actions prises ou souscrites dans une période quelconque de temps fixée par les réglements ou par les Directeurs et dont le montant doit être réalisé en même temps et payable suivant les réglements à tels actionnaires ;

4. Outre les Classes déjà formées, il en pourra être formé une nouvelle le premier d'Avril de chaque année ;

Et en outre les Directeurs peuvent, par résolution réglementaire, ordonner la formation d'autres Classes dans le cours de l'année, s'ils le jugent utile aux intérêts de la Société.

5. Les Directeurs pourront en tout temps, par résolution réglementaire, suspendre totalement ou restreindre en partie ou à certaines Classes de personnes l'ouverture de nouvelles Classes, même celles du mois d'Avril, lorsque l'augmentation trop grande du capital souscrit pourrait leur faire craindre de ne pouvoir placer assez avantageusement les rentrées mensuelles faites à la caisse de la Société ; mais une Classe ouverte une fois ne pourra être arrêtée au milieu de son cours.

Néanmoins, les Directeurs pourront, en tout temps, fermer le livre de souscription à toute personne qui n'emprunterait pas en souscrivant.

6. Les parts ou actions ne peuvent être souscrites que dans la dernière Classe en aucun temps ouverte.

Art. III.

1. La durée des Classes est fixée à six années à partir du jour de leur ouverture respectivement.

2. A l'expiration d'une Classe, si les actions de cette Classe se trouvent remplies et réalisées avec, en outre, un surplus de profits pour cette Classe, les Directeurs, s'ils le trouvent équitable et juste, pourront ordonner le partage et paiement de ce surplus de profits entre les membres non emprunteurs et les membres emprunteurs-participant de cette Classe, ou qu'il soit porté à l'avoir du Fonds de Réserve pour couvrir les pertes probables que la Société pourrait subir sur les prêts faits durant l'existence de telle Classe.

3. Si, au contraire, à l'expiration d'une Classe, les actions n'en étaient pas remplies et réalisées, ou, en d'autres termes, s'il y avait *déficit*, alors les membres non-emprunteurs et les membres emprunteurs-participants continueront de payer comme auparavant à la Société leurs versements mensuels respectifs jusqu'à ce que les actions de la dite Classe soient remplies et réalisées. A moins que les Directeurs ne jugent plus avantageux pour l'intérêt permanent et la solidité du crédit de la Société d'ordonner que tel *déficit* soit prélevé et comblé à même le Fonds de Réserve en en portant le montant au débit du dit fonds.

4. Dans l'un et l'autre cas, les membres emprunteurs non participants ne seront pas appelés à partager dans le surplus des profits, ni à contribuer au paiement du déficit. Mais ils seront quittes et déchargés de leurs engagements et obligations au moyen du paiement par eux fait de tous les versements et contributions auxquels ils sont devenus sujets jusqu'à l'expiration de la dite Classe.

5. Aussitôt possible après l'expiration d'une Classe, le Bureau de Direction déclarera, par résolution enrégistrée dans son

" Livre de Délibérations," si, d'après les livres de la Société, les parts ou actions de cette Classe sont seulement remplies ou si elles sont remplies avec un surplus de profits, ou, si elles ne sont pas remplies, quel en est le déficit et combien les membres non-emprunteurs et les membres emprunteurs-participants auront encore à payer à la Société pour remplir ce déficit.

6. Et toute telle déclaration fera preuve, *primâ facie*, et jusqu'à preuve du contraire, de la vérité de son contenu et sera obligatoire pour tous les intéressés sans qu'il soit besoin de produire les livres ou un état des livres de la Société ou aucune autre preuve quelconque.

Art. IV.

Capital de la Société.

Le capital de la Société se compose :

1. D'un nombre indéterminé de parts ou actions permanentes de la dite Société ;

2. D'un nombre également indéterminé de parts ou actions dans les diverses Classes qui sont et peuvent être successivement formées ;

3. Aucun membre permanent, ou autre, ne peut posséder, en tout, plus de cinq cents parts ou actions dans la Société ;

4. Chacune de toutes ces parts ou actions est du montant de cinquante piastres du cours actuel de la Province du Canada ;

5. Dans toutes les Classes, les parts sont payables au bureau de la Société par versements mensuels de cinquante centins nouveau cours actuel, par part, le premier jour de chaque mois, le premier versement devant être fait le jour même de l'ouverture de la Classe.

Art. V.

Le but de cette Société est d'aider à ses membres (en leur avançant leurs parts ou actions à des conditions faciles) soit pour libérer ou améliorer les propriétés qu'ils possèdent ou posséderont, soit pour en acquérir, soit pour les faciliter dans leurs exploitations agricoles, industrielles ou de colonisation, ainsi que d'offrir à ceux qui ne recevraient pas de suite l'avance de leurs parts, un moyen sûr et avantageux de placer leurs épargnes.

Art. VI.

Tous capitaux et valeurs obtenus pour l'usage de la Société et lui appartenant de quelque manière que ce soit seront employés :

1. À couvrir les dépenses nécessaires encourues pour son administration ;

2. Au paiement des dividendes semi-annuels sur les actions

permanentes de la Société pourvu que tels dividendes ne soient payés que sur les profits nets produits par le capital de ces actions permanentes ;

3. Au paiement entier, lors de l'extinction de chaque Classe successive de membres, des parts qui n'auraient pas été avancées ;

4. A avancer aux membres une, plusieurs ou leurs parts aux conditions voulues par les réglements de la Société ;

5. Au rachat des parts des membres qui se retireront de la manière ci-après pourvue ;

6. S'il n'a pas été disposé des fonds de la manière ci-dessus prescrite, les Directeurs, à leur discrétion, pourront en disposer pour l'avantage de la Société en acquisitions de fonds publics, actions de banques chartrées, propriétés foncières, placements hypothécaires ou autres manières quelconques de faire de bons emplois de capitaux, le tout aux taux et conditions que les Directeurs jugeront le plus opportun et convenable dans le temps.

Les Membres, leurs Droits et Obligations.

Art VII.

Les membres de la Société sont désignés sous différents noms suivant la nature de leurs relations avec la Société, savoir :

1. Les membres permanents : ce sont les propriétaires d'actions permanentes de la Société ;

2. Les membres-emprunteurs : ce sont ceux qui reçoivent d'avance le montant d'une, plusieurs ou toutes leurs actions, aux conditions et taux d'intérêt et bonus établis conformément aux réglements de la Société ;

3. Les membres-prêteurs ou membres non-emprunteurs : ce sont les propriétaires d'actions accumulantes non-avancées sur hypothèques et qui sont en droit d'en retirer le montant ou de convertir ces actions en parts permanentes lors de ou après l'extinction de la Classe dont ils sont membres, selon les règles et conditions fixées par les Directeurs, conformément à l'acte d'incorporation de la Société ;

4. Les membres emprunteurs-participants : ce sont ceux qui, tout en recevant l'avance de leurs parts, partagent dans les profits et pertes de la Société, lors de l'extinction de la Classe dont ils sont membres ;

5. Les membres-non-participants : ce sont les emprunteurs qui n'ayant pas voulu être, à la fin d'une Classe quelconque, sujets aux risques des déficits qui pourraient être alors établis, ne participent pas non plus dans les bonus ou surplus qui pourraient être déclarés au profit des autres actionnaires.

Art. VIII.

Toute personne, pour devenir membre d'une Classe quelconque de la Société, est tenue de signer par elle-même ou par procureur ou, si elle ne sait signer, d'approuver de sa marque faite en présence de deux témoins, le livre tenu à cet effet où sont entrés, inscrits et enrégistrés les réglements de la Société, avec promesse de s'y conformer, ainsi qu'aux amendements, changements ou modifications qui pourront être faits dans la suite.

Art. IX.

1. Toute personne devenant membre, excepté à titre successif, le ou avant le jour d'ouverture d'une Classe, paiera un droit d'entrée de un dollar nouveau cours par part.

2. En tout autre temps, le droit d'entrée et le montant des arrérages et intérêts qu'il faudra payer pour devenir membre d'une Classe seront établis et fixés par les Directeurs.

3. Les actionnaires qui, à l'expiration d'une Classe, y possèdent des actions qu'ils veulent convertir en actions permanentes, peuvent le faire en payant le droit de conversion fixé et imposé de temps à autre par résolution réglementaire des Directeurs et pourvu que telles actions n'aient pas été avancées sur obligations hypothécaires ou ne soient garantes d'aucun prêt fait par la Société lors de l'extinction de la Classe.

4. Pour être membre et pouvoir en exercer les droits, il faut avoir payé son droit d'entrée et avoir fait au moins un versement mensuel sur ses parts.

Art. X.

1. Tout membre dont le versement mensuel n'aura pas été fait au jour fixé paiera l'amende comme suit :

1 centin par part pour le 1er mois,	ou sur 1 part, 1 mois,	1 centin.
2 " " " " le 2nd "	ou sur " 2 "	3 "
4 " " " " le 3me "	ou sur " 3 "	7 "
8 " " " " le 4me "	ou sur " 4 "	15 "
16 " " " " le 5mo "	ou sur " 5 "	31 "
Total pour 5 mois, 31 centins.	Total pour 5 mois, 31 centins.	

2. Pour le sixième mois, l'amende cesse de doubler et recommence comme au premier mois de l'échelle ci-dessus en doublant pour les mois suivants, et ainsi de suite par chaque période complète de cinq mois.

3. Tout membre qui n'aura pas payé au jour fixé l'intérêt et bonus sur les parts qui lui auront été avancées paiera en outre

pour tel défaut une semblable amende sur chaque part jusqu'à la poursuite légale.

4. Les Directeurs pourront, s'ils le jugent à propos, exiger de et faire payer d'avance par tout membre à qui il sera fait à l'avenir des avances sur la garantie de ses parts payées ou des versements par lui faits conformément à l'article seize des présents réglements, un droit d'emprunt ou bonus que les Directeurs fixeront de temps à autre par résolution règlementaire.

Art. XI.

1. Quand un membre emprunteur ou non-emprunteur sera arriéré de six mois ou plus, les Directeurs pourront éteindre ses parts et clore finalement son compte, soit en mettant à son avoir ou en lui remettant les versements qu'il aura faits sur ses parts, avec l'intérêt légal, déduction faite de toutes les réclamations de la Société contre tel membre pour arrérages, intérêts, amendes ou autres droits quelconques.

2. Pour clore finalement le compte d'un membre redevable d'une balance après poursuite et vente forcée de ses biens, les Directeurs pourront éteindre ses parts de la manière qu'ils jugeront convenable, et la valeur de telles parts sera établie suivant les dispositions du paragraphe qui précède, à moins que les Directeurs ne jugent convenable, suivant les circonstances, de leur attribuer une plus grande valeur, d'après les profits probables, et alors dans l'un et l'autre cas la Société se paiera de la balance qui pourrait lui être due et remettra à tel membre le reste du produit de la vente de ses dites parts, si reste il y a.

Art. XII.

Dans tous les cas, rien dans les articles ci-dessus n'empêchera les Directeurs de poursuivre en justice le recouvrement de tous les dits arrérages, intérêts, amendes, balances et autres réclamations quand ils le jugeront plus avantageux à la Société, non plus que d'accorder en certains cas, par conventions aux membres arriérés, ou poursuivis, des termes de paiement plus ou moins courts, moyennant intérêt à un taux stipulé.

Art. XIII.

1. Tout membre, ayant fait au moins quatre versements et contre lequel la Société n'aura aucune réclamation, pourra transporter, sans frais, ses parts de la manière ordonnée par les Directeurs.

2. Tout membre ayant fait au moins douze versements mensuels, pourra se retirer de la Société en donnant un mois d'avis par écrit au Secrétaire Trésorier, et sera, de la date de tel avis, censé n'en plus être membre.

3. Tous ses versements lui seront remis ; néanmoins tout membre se retirant ainsi sera tenu d'attendre que les fonds de la Société permettent le remboursement des versements faits, et celui qui se retirera après avoir fait dix-huit versements, aura droit à la moitié des profits faits sur iceux, tels que constatés par le dernier rapport annuel du Secrétaire-Trésorier.

Art. XIV.

Tout membre faisant demande d'un emprunt, à moins que les versements qu'il aura faits n'excèdent de vingt par cent le montant demandé, déposera, avec sa demande écrite, entre les mains du Secrétaire-Trésorier, une somme d'argent dont le montant sera préalablement établi par les Directeurs, pour garantir à la Société le remboursement des dépenses que telle demande aura pu lui faire encourir, au cas que l'emprunteur ne donnerait pas, au temps voulu, les garanties jugées suffisantes par les Directeurs.

Art. XV

Sur tous les prêts ou avances quelconques faits par la Société les Directeurs pourront exiger et accepter pour le profit de la Société, à titre d'intérêt et bonus, une somme qui ne sera pas moins de vingt-cinq centins ni plus de cinquante centins, par chaque mois, pour la jouissance de chaque somme de cinquante piastres avancée ou prêtée, le tout sans préjudice aux droits d'entrée, d'amendes, etc., prescrits par les réglements.

Art. XVI.

1. Les versements faits sur les parts seront des garanties suffisantes pour prêts, pourvu que les dits versements se montent à soixante piastres pour chaque cinquante piastres à être avancées.

2. Tout membre empruntant sur cette garantie donnera son obligation ou reconnaissance par laquelle il s'engagera à rembourser à la Société, à l'expiration d'un terme qui sera convenu et fixé par les Directeurs, toutes sommes ainsi d'elle empruntées, et à lui payer, pour la jouissance d'icelles, l'intérêt et le *bonus* dont le taux sera fixé selon l'article XV de ces réglements.

3. Et tout tel membre emprunteur qui ne remplira pas les obligations qu'il aura contractées envers la Société par telle obligation ou reconnaissance, sera passible de toutes les amendes imposées par l'article X de ces reglements.

Art. XVII.

Les propriétaires des actions permanentes pourront également emprunter sur la garantie de leurs actions permanentes, jusqu'à concurrence de cinquante piastres par chaque soixante piastres courant du montant payé de leurs dites actions, et ce aux mêmes taux, charges et conditions que les autres membres qui sont emprunteurs sur la garantie de leurs versements effectués.

Art. XVIII.

1. Les parts, profits et deniers généralement d'aucun membre endetté envers la Société pour quelque cause que ce soit, sont spécialement et par privilége affectés au paiement des réclamations de la Société contre lui. A moins que les Directeurs ne donnent permission à tel membre de disposer librement de ses dites actions et deniers, lorsqu'ils jugeront que la Société possède d'ailleurs des garanties hypothécaires ou autres suffisantes pour sûreté du paiement des réclamations de la Société contre tel membre.

2. A cet effet, tout transport ou cession de parts, profits et deniers, ne sera valable à l'encontre des droits de la Société que lorsqu'elle y aura acquiescé en le faisant enrégistrer dans ses livres de transport.

Art. XIX.

Aucun membre ne pourra obtenir de la Société, à titre d'avances de ses actions, une somme quelconque pour un terme plus long que celui de la durée d'une Classe.

Directeurs et Administration des affaires de la Société.

Art. XX.

1. Les affaires de la Société sont sous le contrôle et la régie d'un Bureau de Directeurs au nombre de cinq, qui élisent leur Président et Vice-Président, et le quorum de leurs assemblées est de trois.

2. Les Directeurs sont élus chaque année, à l'assemblée générale annuelle, à la majorité absolue des voix.

3. Les Directeurs, une fois élus, demeureront en charge jusqu'à ce qu'ils aient été remplacés par leurs successeurs, à moins qu'ils ne cessent de l'être de fait, par quelqu'une des causes suivantes, savoir : décès, démission, possession de moins de seize parts, insolvabilité, banqueroute et arrestation pour crime ou délit.

4. Lorsqu'un Directeur se sera absenté des assemblées du

Bureau de Direction pendant trois mois consécutifs, la majorité du quorum des autres Directeurs pourra, par résolution, déclarer sa charge vacante.

5. Tout Directeur a droit de donner, par écrit, sa démission de sa charge, et il doit être de suite remplacé de la manière ci-après pourvue.

6. Toute vacance dans le Bureau de Direction, survenant dans le cours de l'année, pour quelque cause que ce soit, sera remplie par une élection faite à la majorité absolue des voix, dans une assemblée générale des actionnaires, convoquée à cette fin. Et le Directeur remplaçant demeurera en charge jusqu'à son remplacement lors de l'élection des Directeurs par l'assemblée générale annuelle.

7. Aucun Directeur, tant qu'il sera en charge, ni avant six mois après en être sorti, ne pourra remplir aucune autre charge lucrative dans la Société.

8. A titre d'indemnité de son temps, tout Directeur nommé par une assemblée générale des membres de la Société a droit à deux piastres, cours actuel, par chaque assemblée du Bureau de Direction où il y a quorum, et à laquelle il assiste durant toute la séance.

9. Le Président de la Société, au lieu de deux piastres comme ci-dessus, aura droit à trois piastres.

Art. XXI.

1. Les Directeurs pourront faire avec une ou plusieurs des Banques possédant une charte et faisant des affaires à Montréal, tels arrangements pour le dépôt d'argent et des valeurs appartenant à la Société, pour ouverture de crédit et la transaction de toutes autres affaires, qui leur sembleront avantageux.

2. Le Président, s'il est absent, le Vice-Président et le Secrétaire-Trésorier, sur délibération du Bureau des Directeurs les y autorisant, pourront, au nom de la Société, négocier tous achats ou ventes de parts de Banque, de fonds publics, prêt d'argent et contracter tous emprunts jugés nécessaires et utiles par les Directeurs et aux conditions et restrictions approuvées par eux ; ils pourront de même, et sur semblable délibération, accepter, acquérir, posséder, vendre, aliéner, transporter, engager et hypothéquer, pour et au nom de la Société, tous bien fonds, héritages, argents, marchandises, meubles et effets quelconques, et tous titres, obligations pour deniers, transports, cessions, subrogations ou autres instruments portant obligation, actes ou titres et tous autres effets et tous droits et réclamations que la Société est en droit d'accepter, acquérir, posséder, vendre, aliéner, transporter, engager et hypothéquer en vertu de la loi, faire remises en partie et composer avec toutes personnes

quelconques sur des réclamations qu'ils jugeraient d'un recouvrement douteux ou plus ou moins incertain et éloigné, faire remises, en certains cas, des amendes encourues en acceptant des débiteurs autant de paiements mensuels d'avance que ces derniers auraient laissé arrérager de semblables versements ; et tous les actes requis pour les effets ci-dessus, seront signés par le Président et s'il est absent ou personnellement intéressé, par le Vice-Président, et seront aussi contresignés par le Secrétaire-Trésorier, ou, si ce dernier est absent ou personnellement intéressé, par l'Assistant-Secrétaire-Trésorier, ou par toute autre personne spécialement autorisée par résolution des Directeurs.

Art. XXII.

1. Les Directeurs nommeront un Trésorier qui sera en même temps Secrétaire et qui conduira les affaires du Bureau de Direction sous le contrôle des Directeurs.

2. Il ne pourra commencer à remplir ses fonctions qu'après avoir donné un cautionnement suffisant, à la discrétion des Directeurs.

Art. XXIII.

1. Le Secrétaire-Trésorier est autorisé à recevoir et payer toutes sommes de deniers dues à ou par la Société, et son reçu libère les débiteurs à toutes fins légales.

2. Il est tenu de déposer à la Banque, le plus tôt possible, tous les argents reçus par la Société.

3. Tout ordre ou chèque sur la Banque sera signé par le Secrétaire-Trésorier et deux Directeurs.

4. Le Président sera tenu d'examiner les livres de Banque de la Société une fois par mois, et de certifier tel examen.

Art. XXIV.

1. Outre le Secrétaire-Trésorier, les Directeurs, à leur discrétion, pourront nommer 1o un avocat pour faire les recherches et examens des actes relatifs aux propriétés foncières ou autres, offertes en sûreté pour prêts, et pour toutes autres affaires de la Société ; 2o un notaire pour exécuter les actes et documents de la Société ; 3o des inspecteurs chargés de visiter et estimer les propriétés offertes en garantie ; 4o des agents à la campagne et y établir des bureaux ; 5o trois auditeurs (d'entre les membres) pour examiner en tout temps les livres et les comptes de la Société, et attester le rapport annuel du Secrétaire-Trésorier ; 6o un assistant Secrétaire-Trésorier ; 7o et tous tels autres commis, teneurs de livres et officiers ou agents qu'ils trouveront utiles aux fins et besoins de la Société.

2. Les rapports des inspecteurs seront toujours écrits et asser.
mentés, si les Directeurs l'exigent.

3. Les honoraires de l'avocat, du notaire, des inspecteurs et
des agents seront établis par les Directeurs et seront payés par
les emprunteurs, excepté dans des cas tout spéciaux où les Directeurs croiraient devoir les laisser supporter par la Société et
entrer dans ses dépenses courantes.

<h3 style="text-align:center">Art. XXV.</h3>

Ils (*les Directeurs*) pourront, et lorsque la loi l'ordonne spécialement, ils devront exiger de tous employés, commis et autres
officiers responsables à la Société, tous et tels cautionnements
qu'ils trouveront utiles et suffisants pour le fidèle et régulier
accomplissement des devoirs assignés à tous ces divers employés.

<h3 style="text-align:center">Art. XXVI.</h3>

Le Secrétaire-Trésorier, l'Assistant-Secrétaire-Trésorier, le Notaire, les Inspecteurs et les Auditeurs seront nommés dans les
trente jours qui suivront celui de l'élection des Directeurs, et
demeureront en charge jusqu'à ce qu'ils aient été remplacés par
leurs successeurs, et ils ne pourront, dans aucun cas, se démettre
de leurs fonctions avant que les Directeurs aient pourvu à leur
remplacement.

<h3 style="text-align:center">Art. XXVII.</h3>

Les Directeurs devront aussi faire faire un sceau dont l'em-
preinte sera mise aux titres, actes ou procédés de la Société ou
des Directeurs, que ces derniers croiront devoir être attestés de
cette manière, lequel sceau ils pourront changer de temps à
autre, à discrétion.

<h3 style="text-align:center">Art. XXVIII.</h3>

1. Outre tous les autres livres nécessaires ou utiles à la bonne
administration des affaires de la Société, les Directeurs tiendront
un régistre où seront entrées leurs résolutions sur tous prêts ou
avances de parts faits par la Société, et sur toute demande de
prêts ou avances. Ce régistre sera intitulé : "Livre des prêts."

2. Ils tiendront aussi un autre régistre où seront entrés les
procès-verbaux de toutes les autres délibérations des Directeurs,
et qui sera intitulé : "Livre des Délibérations Réglementaires."
Dans ce régistre seront aussi entrés les procès-verbaux de toutes
les assemblées générales, ordinaires ou extraordinaires des membres de la Société.

3. Il sera aussi tenu un livre intitulé "Livre des Auditeurs,"
dans lequel seront entrées les diverses délibérations de ces officiers, tel que ci-après pourvu.

Art. XXIX.

Les Auditeurs devront avoir au moins quatre séances par année pour l'examen des livres de compte, papiers, documents et autres objets de la Société qu'ils jugeront convenable et que tous les officiers de la Société seront tenus de leur soumettre ; les Auditeurs sont convoqués en assemblée par le Secrétaire-Trésorier, à son défaut par l'assistant Secrétaire-Trésorier, l'un ou l'autre de ces derniers employés devra constater dans le " Livre des Auditeurs" ceux qui seront présents et les résolutions et instructions qu'ils adopteront, lesquelles néanmoins ne seront en vigueur qu'après avoir été approuvées par résolutions des Directeurs, entrées dans leur livre des Délibérations, ou directement par une assemblée générale des actionnaires.

Pour son assistance à chacune de ces quatre séances, chaque Auditeur présent durant toute la séance aura droit à deux piastres à titre d'indemnité de son temps.

Deux des Auditeurs formeront un quorum, et la signature de deux des Auditeurs suffira sur tous documents qui doivent être attestés par les Auditeurs. Les Auditeurs présents à une assemblée quelconque de ces officiers signeront le procès-verbal qui en sera dressé par le Secrétaire-Trésorier ou en son absence par l'assistant Secrétaire-Trésorier.

Art. XXX.

Sous l'autorité de l'acte d'Incorporation de la Société et de la Section 21 Chapitre 69 des Statuts Refondus du Bas-Canada et ses amendements, permettant la formation de Sociétés Permanentes de Construction, le Bureau de Direction pourra, en aucun temps, faire aux membres de la Société qui le désireront, l'avance de leurs actions, en par tels membres donnant à la Société des garanties à être par les Directeurs jugées suffisantes à cet effet, et en fixant et déterminant avec tels membres le terme et le montant du remboursement de telles actions ainsi avancées, pour par tels membres être déchargés de telles garanties, le tout sans être sujet au risque des pertes et profits des affaires de la Société.

Art. XXXI.

1. Les Directeurs, par résolutions réglementaires, indiqueront aussi clairement qu'il leur sera possible, le mode dont les dépenses générales ou spéciales seront réparties sur les membres permanents et sur les diverses classes de membres dans la Société ainsi que la manière dont les profits généraux ou spéciaux du capital permanent et du capital des diverses classes seront partagés entre les uns et les autres.

2. Les Directeurs pourront aussi, à même les profits du capital permanent et les surplus de profit des parts accumulantes, augmenter le fonds de réserve et déclarer quel sera l'objet et l'emploi de ce fonds de réserve.

3. Ils déclareront en temps opportun le montant de chaque dividende semi-annuel qui sera accordé aux actionnaires permanents à même les profits nets du capital permanent, après déduction faite de la somme retenue pour le fonds de réserve et aussi quand tels dividendes seront payables au Bureau de la Société.

Directeurs Honoraires.

Art. XXXII.

1. La Société aura à l'avenir pas moins de trois ni plus de cinq Directeurs honoraires, que les Directeurs ordinaires choisiront chaque année parmi les membres de la Société.

2. A l'une de leurs premières assemblées qui suivront leur élection, les Directeurs nommeront au moins trois des Directeurs honoraires ou les cinq, s'ils le jugent plus conveneble et avantageux à la Société.

3. S'ils n'ont pas nommé les cinq Directeurs honoraires à la première assemblée qui suivra leur élection, les Directeurs ordinaires pourront les nommer et en compléter le nombre dans le cours de l'année.

Art. XXXIII.

Lorsque les Directeurs honoraires seront présents, ils pourront s'ils le désirent assister à toutes les délibérations des Directeurs ordinaires, y auront voix consultatives, sans encourir aucune responsabilité, sur toutes les affaires de la Société.

Art. XXXIV.

1. A quelqu'une des assemblées où se trouveront au moins deux Directeurs honoraires réunis au *quorum* des Directeurs ordinaires, il sera choisi, à la majorité des voix de tous les Directeurs présents, un Président honoraire de la Société, pris parmi les Directeurs honoraires.

2. Lorsque le Président honoraire de la Société sera présent, soit aux assemblées générales des membres soit aux assemblées des Directeurs, il siégera au fauteuil à la droite de la personne qui présidera l'une ou l'autre assemblée.

Art. XXXV.

Le Bureau de Direction et les Directeurs honoraires pourront correspondre ensemble de temps à autres sur les affaires et opérations de la Société, en un mot, sur toutes les matières et questions qu'ils croiront devoir promouvoir la consolidation, la prospérité et, en général, tous les intérêts de la Société.

Assemblées générales des Membres de la Société et assemblées des Directeurs.

Art. XXXVI.

1. Il y aura une assemblée générale des membres de la Société le troisième Lundi de Mai, tous les ans, à commencer en l'année mil huit cent soixante-et-douze, pour l'élection des Directeurs et pour tout autre objet d'intérêt général ayant rapport à la direction de la Société.

2. A chacune de ces assemblées annuelles il sera lu et soumis par le Secrétaire-Trésorier un rapport exact de l'état de toutes les affaires de la Société, jusqu'au trente-un Mars précédent, lequel sera attesté par les trois auditeurs ou la majorité des trois.

3. Des assemblées générales extraordinaires pourront être convoquées par les Directeurs quand des circonstances imprévues le rendront utile.

Art. XXXVII.

1. Le Président, s'il est absent, le Vice-Président et à leur défaut ou refus, le Secrétaire Trésorier sera tenu de convoquer de suite une assemblée générale spéciale sur demande écrite et signée par au moins douze membres.

2. Toute demande d'une telle assemblée en indiquera expressément le but.

3. Si, par quelque cause que ce soit, tous ou la majorité des Directeurs cessaient de l'être, le Secrétaire-Trésorier serait tenu de convoquer immédiatement une assemblée générale pour procéder à l'élection de nouveaux Directeurs, ou à l'élection des successeurs de ceux dont les charges seraient devenues vacantes.

4. Et les Directeurs ainsi élus demeureront en charge jusqu'à ce qu'ils aient été remplacés par l'élection des Directeurs qui se fait à l'assemblée générale annuelle.

5. Toute assemblée générale des membres de la Société où il s'agirait de faire, changer, abroger, et rétablir des réglements, devra être convoquée tel que prescrit par la Section 4 de l'Acte d'Incorporation de la Société.

6. Toutes autres assemblées générales des membres seront convoquées par le Secrétaire-Trésorier, en son absence par l'Assistant-Secrétaire-Trésorier, à moins d'une loi ou d'un réglement à ce contraire, et ce par avis publié en français et en anglais dans au moins deux papiers-nouvelles édités en la Cité de Montréal, au moins six jours entiers d'avance indiquant le lieu où elles se tiendront

7. Toutes assemblées générales des membres de la Société ainsi que toutes assemblées des Directeurs, peuvent s'ajourner de jour en jour, ou à aucun jour ultérieur qu'elles jugeront à propos et convenable, pour décider et terminer les affaires soumises à leurs délibérations n'importe dans quelle séance de ces assemblées remises ou ajournées.

<h2 align="center">Art. XXXVIII.</h2>

1. Toutes assemblées de la Société ou des Directeurs ont lieu en la Cité de Montréal, à l'endroit indiqué dans l'avis de convocation.

2. Elles sont toutes présidées par le Président, s'il est absent, par le Vice-Président, et si l'un et l'autre sont absents, par un Président *pro tempore* choisi par la majorité des membres présents.

3. Le Secrétaire Trésorier est aussi *ex-officio* secrétaire de toute assemblée générale. En l'absence de ce dernier il est remplacé *ex-officio* par l'Assistant-Secrétaire-Trésorier. Et les procès-verbaux de ces assemblées générales, qui doivent être faits et inscrits dans le Registre des Délibérations des Directeurs sont certifiés, attestés et signés sur tel régistre par le Président de l'assemblée et par le Secrétaire de cette même assemblée.

<h2 align="center">Art. XXXIX.</h2>

1. Dans toutes les assemblées générales des membres, soit pour l'élection des Directeurs, soit pour toutes autres affaires à être décidées par la majorité des voix, les membres voteront d'après l'échelle suivante :—

Pour une part jusqu'à huit, un vote, et pour chaque huit parts additionnelles, un vote.

2. Sur demande de trois membres la votation se fera au scrutin secret.

3. Sauf lorsqu'il s'agit de faire, changer, abroger ou rétablir des réglements où il faut, d'aprè l'Acte d'Incorporation de la Société, majorité des deux tiers des votes, et où il faut suivre le mode de votation indiqué par le dit acte, personne ne peut voter par procuration dans une assemblée générale, à l'exception des membres absents du District de Montréal et des femmes actionnaires.

4. Lorsque des parts auront été souscrites au nom d'une société quelconque, l'associé qui les aura soucrites aura seul le droit de voter, et en son absence ou à son défaut, son ou l'un de ses co-associés, aura le même droit, pourvu qu'il scit muni d'une procuration à cet effet de l'actionnaire qui aura souscrit.

5. Dans toutes les assemblées générales des membres, le Président ne votera que lorsqu'il y aura égalité de voix, à l'exception du cas où il faut le vote des deux-tiers des membres présents, auquel cas il aura droit de voter comme tout autre membre.

6. Dans les assemblées des Directeurs, le Président, comme les autres Directeurs, votera sur toutes questions, chaque Directeur ayant un vote.

Dispositions Générales et autres transitoires.

Art. XL.

Les Directeurs pourront faire et adopter toutes résolutions et ordres nécessaires pour mettre ou faire mettre les présents réglements à exécution et leur donner tout l'effet que leurs dispositions comportent.

Art. XLI.

Quand aucun des jours fixés par les réglements pour les assemblées ou toutes autres affaires de la Société, sera un Dimanche on un jour de fête d'obligation. telles assemblées auront lieu et telles affaires seront transigées le jour d'affaires suivant.

Art. XLII.

Le quarante-unième article ci-devant existant des réglements est spécialement abrogé, et, en général, tout ce qui dans les réglements qui ont subsisté jusqu'à ce jour, serait contraire au sens et à l'interprétation des présents réglements, est abrogé et amendé de manière à y être conforme. sauf en autant qu'il serait nécessaire d'invoquer les dits anciens réglements et s'en servir pour le réglement de toutes affaires et transactions de la Société aites ou commencées avant ce jour.

(Signé,)   D. E. PAPINEAU,
Président.

"   P. A. FAUTEUX,
Secrétaire-Trésorier.

(*Vraie copie.*)